LA COUR DU COLLEGE,

DISCOURS PRONONCÉ

AVANT LA DISTRIBUTION DES PRIX

De l'École Royale & Militaire de Soreze, par M. Guthierez, Éleve de Rhétorique.

PAR DOM FERLUS,

Professeur de Rhétorique & d'Histoire Naturelle.

A MONTPELLIER,
De l'Imprimerie de Jean-François Picot, seul Imprimeur du Roi & de la Ville, Place de l'Intendance.

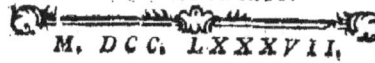

M. DCC. LXXXVII.

AVIS.

ON m'a demandé & on a répandu un grand nombre de copies de ce petit Difcours ; un Prince Augufte, le plus tendre & le plus heureux des peres, qui s'occupe avec autant de fuccès que d'intelligence de ce qui tient à l'éducation, & qui recueille le fruit de fes foins dans les progrès rapides de fes aimables Enfans, a bien voulu me témoigner qu'elle liroit avec plaifir. Voilà ce qui m'a décidé à livrer cette bagatelle au Public. J'ai fait un très-grand nombre de Difcours dans le même genre, qui ont paru infpirer le même intérêt, je n'avois jamais penfé à les tirer du porte-feuille : le fuccès de cette premiere tentative décidera de leur fort. L'intelligence & le fentiment des Éleves qui les débitent leur prêtent fouvent un charme qui s'évanouit à la lecture ; l'impreffion les réduit à leur jufte valeur ; je cherche à la connoître très-difpofé à foufcrire à l'Arrêt, quel qu'il foit, d'un Juge, que je reconnois pour fouverain en dépit de l'amour propre des Auteurs qu'il a condamnés.

LA COUR DU COLLEGE.

MESSIEURS,

On n'a rien oublié pour expofer à vos yeux dans le cours de nos Exercices, tout ce qui peut contribuer dans cette École à former notre efprit & notre cœur, à nous donner des talens & des connoiffances. Vous avez pu voir dans l'expofition de nos principes la marche des Maîtres, & dans la maniere dont nous avons répondu l'application des Éleves. Vous croyez avoir tout vu? Eh bien, MM., le plus effentiel vous échappe, vous ne pouvez porter qu'un jugement imparfait fur cette École, tant que ce point effentiel vous fera caché ; vous connoîtrez le corps de notre éducation, vous n'en connoîtrez pas l'ame. Vous êtes étonnés ? Vous allez l'être davantage ; nos Maîtres voudroient en vain vous dévoiler ce myftere, ils n'y font pas beaucoup plus initiés que vous ; j'en fais beaucoup plus qu'eux là-deffus. Auffi pour reconnoître autant qu'il eft en moi la bonté que vous avez eu de nous prêter votre attention, fouvent fans que nous la méritaffions, je veux vous faire part de mes connoiffances fur ce point effentiel, qui décide le plus fouvent de notre conduite dans le monde, qui forme notre caractere, nos jugemens, nos inclinations, qui développe en nous le germe de l'équité, de l'honneur, du patriotifme. Vous avez traverfé quelquefois le lieu où fe donnent ces grandes leçons, cependant vous feriez bien en peine de le deviner ; auffi je me hâte de nommer *la Cour du College*. Oui, MM., la Cour du College que vous n'avez peut-être regardé que comme un lieu d'amufement & de diffipation, eft le Lycée où se développent ces principes sublimes.

Notre Cour est une République qui a ses Loix, sa Police, son Sénat, ses Orateurs, ses Juges & son Peuple. Elle a son esprit, sa politique, les vertus qui lui sont propres. La premiere qu'on exige d'un de ses Membres, c'est le patriotisme. Le Romain étoit persuadé que son état étoit le premier du monde, que l'Empire de Rome l'emportoit autant sur tous les autres, que le chêne superbe l'emporte sur l'humble bruyere. C'est la premiere disposition d'un Éleve de Soreze. Dans notre Cour ne pas regarder cette École comme la premiere de l'Europe (1), seroit un crime de leze patrie. Aussi il faut voir de quel œil de pitié nous voyons arriver un Éleve d'un autre College. Ce qu'étoit un Gaullois, un Germain pour l'habitant de Rome, un Scythe pour les habitans d'Athenes, ce qu'est un Limouseau ou un Auvergnac pour

_____

(1) Le Lecteur reduira à la juste valeur cette hyperbole d'un Écolier qui voit tout en grand au moment & dans l'Assemblée où ce Discours est prononcé.

l'orgueüilleux habitant de la Capi-
tale , voilà ce qu'eft pour nous, tout
Écolier étranger. Cette haute opinion
de notre École nous attache à elle ,
nous la fait chérir, refpecter. Tant que
nous y fommes attachés nous faifons
tout pour fa gloire ; & quand l'ordre
néceffaire des chofes nous difperfe dans
les différentes contrées , le nom de
Soreze eft toujours fur nos levres &
dans nos cœurs. La plus grande fête
pour ceux qui l'ont quitté , c'eft de
retrouver quelqu'un qui l'ait habité
comme eux ; par-tout où ils fe trou-
vent réunis , on les diftingue à leur
attachement , à leur empreffement
à fe rechercher , à fe foutenir ; mais
la mere patrie eft fur-tout chere à
nos cœurs. Le militaire rendu à fes
foyers , le marin délaffé des fatigues
de la mer , manquent rarement d'y
apporter leurs hommages, & revoient
avec fenfibilité cette Cour , qui leur
rappelle de fi doux fouvenirs (1). Hélas !

___

(1) L'Éléve qui prononçoit ce Difcours eft
un jeune Efpagnol qui devoit partir pour le
Mexique peu de jours après la Séance.

je vais m'en éloigner , des milliers de
lieues me fépareront d'elle ; mais ni
l'éloignement des pays, ni la différence
des mœurs ni la diverfité du langage
ne l'effaceront de mon cœur ; fous le
fuperbe feuillage du cocotier & du ba-
nanier du Mexique , je me rappellerai
avec attendriffement l'ombre agréable
que les ormes de notre Cour ont répandu fur les jours heureux, les jours
trop rapides de mon enfance.

Mais cet amour, cet attachement ne
fe bornent pas à un préjugé enfantin ,
c'eft l'apprantiffage de l'amour fublime
de la patrie. Notre cœur accoutumé
à s'attacher à ce qui l'environne , por-
tera ce penchant dans la fociété où il
entrera. Enthoufiafmé de Soreze ,
l'Éleve qui en fera forti le fera auffi du
Régiment qui l'adoptera , de la Ville
dont il fera Citoyen , de l'état dont il
fera Membre. Il fera habitué à adop-
ter l'efprit & les fentimens d'une fociété ; auffi, MM., interrogez les Chefs
des Corps , & tous s'accorderont à
vous dire que l'efprit de fociété, l'attachement à fon état, à fes devoirs carac-

térifent en général les Éleves de Soreze.

Un des grands pas fait vers cet efprit
focial eft l'extinction des préjugés , de
rang & de fortune , de condition &
de pays, fi commun, fi funeftes par-tout
ailleurs. Les philofophes difent bien
que tous les hommes font égaux, que
le mérite feul fait la différence ; mais
après avoir ainfi déclamé dans les livres,
ils font la révérence jufqu'à terre au frip-
pon titré, & regardent par-deffus l'épau-
le le mérite indigent. Ce que ces fages
mettent en théorie , notre Cour le met
en pratique ; dans fon enceinte s'éva-
nouiffent toutes les diftinctions : on ne
s'informe pas de celui qui fut le premier dans le monde , mais de celui qui
eft le premier dans fa claffe ; de celui
dont les parens comptent le plus de
revenus , mais de celui qui a le plus de
mérite & de talens. Le Duc Hargneux
eft fui & honni , tandis qu'on s'em-
preffe autour du Marchand aimable ;
le Marquis infolent eft mis à la raifon
par le Bourgeois fans titre, & le Grand
d'Efpagne follicite par des prévenances
l'amitié d'un Guillaume ou d'un An-

toine, qui ne s'énorgueuillit pas du choix, s'il n'eſt relevé par des qualités aimables. La bonté , le talent, l'agré-ment , voilà les ſeuls titres qu'admet-tent les Doſiers , les Cherins de notre Cour.

Mais ces titres, tout reſpectés qu'ils ſont, ne donnent pas le droit de s'en prévaloir à ceux qui les poſſèdent. Nous voulons bien , nous ſommes charmés qu'on ſache que nos camarades ont des avantages , mais nous voulons qu'ils l'ignorent eux-mêmes. S'ils oſent en tirer vanité, ou marquer du mépris pour leurs camarades, moins heureux ils ſont notés par nos Cenſeurs, & ſont bientôt, ou corrigés ou déſolés. Com-parez, MM., cette leçon donnée par le corps entier, inculquée par tous les ſens , répétée tous les jours à une leçon froide & momentanée, donnée par un Maître ou par un livre, & vous jugerez de la différence du ſuccès.

Notre Légiſlation eſt auſſi étendue que puiſſante ; il n'eſt point de vertu ſociale , de qualité recherchée qui ne ſoit preſcrite par notre code politique

& moral. Il faudroit un jour entier pour les détailler toutes ; en voici quelques articles pris au hazard.

Etre dévoué à l'école tant qu'on y reste & après l'avoir quitée.

Quand il y viendra des Personnes distinguées, notamment aux Exercices publics, où se rassemble tout ce qu'il y a de plus grand, de plus instruit, de plus aimable, on n'oubliera rien pour leur faire honneur, sous peine de l'indignation publique.

Les défauts de caractere sont les plus essentiels à corriger, & les plus directement soumis à la censure. On sévira contr'eux par le ridicule, l'abandon & quelquefois à la dérobée quand l'œil du Prefet est détourné par des moyens plus frappans.

L'ignorance produite par incapacité malgré l'application ; regardée comme innocente, & le possesseur encouragé.

L'ignorence volontaire punie par le dédain.

Les camarades inappliqués, volages, renommés par leurs espiégleries, seront soufferts, amuseront même quel-

quefois ; mais s'ils n'ont que ce mérite
feront dévoués au mépris.

Tout Éleve qui dénoncera au Maître
un camarade, pour tout autre faute
que celle qui pourroit déshonorer la
République , regardé comme traitre
à la patrie, criminel au premier chef.

Celui qui aura le courage de dénon-
cer un crime déshonorant , s'il s'en
commettoit (ce qu'à Dieu ne plaife)
applaudi , encouragé , récompenfé.

Je ne pourfuivrai pas , ce feroit trop
long , d'ailleurs il eft en notre code
des articles fecrets, qu'il faut cacher
fur-tout aux...... Mais par le peu que
j'en ai dit , vous fentez , MM. , toute
l'influence que ce code redoutable a
fur l'éducation. C'eft à la privation de
ce puiffant moyen qu'on doit attribuer
tous les vices & les défauts des fo-
ciétés. .

Pourquoi tant des jeunes gens traî-
nent-ils fi long-temps une conftitution
languiffante, que le plus léger travail
épuife , que le moindre excès dérange ,
que le plus petit accident altere ? C'eft
qu'ils ne fe font pas agités fur le fol

de notre Cour, qu'ils n'ont pas fués
dans.nos jeux pénibles, qui n'ont pas
bravés à 5 heures du matin les neiges
de l'hiver, à 2 heures après midi les
feux de l'été.

Pourquoi ce jeune Seigneur a-t-il
tant de futilité, entend-il parler in-
différemment du mérite & des talens?
C'eſt qu'il n'a pas appris dans notre
Cour à aimer, à eſtimer, à reſpeƈter
les autres.

Pourquoi cet autre ſe cabre-t-il à la
moindre oppoſition, ſe déconcerte-t-il
à la plus légere plaiſanterie, ſe cho-
que-t-il au plus petit manque d'égard,
& fait - il le tourment de tout ce
qui l'environne par ſon caraƈtere
ombrageux & rétif ? C'eſt qu'il n'a pas
été aſſoupli, exercé, fortifié par les
épreuves de notre Cour.

Pourquoi tant de jeunes gens licen-
tieux ſe précipitent-ils dans tous les
déſordres, ſans frein, ſans égard, ſans
rémords, & font le ſcandale de la
ſociété, le déshonneur de leurs corps,
le déſeſpoir de leur famille ? C'eſt qu'ils
n'ont pas appris dans notre Cour à

dépendre de l'opinion publique, appris à la craindre, à la respecter.

Parcourez, en un mot, tous les désordres, tous les travers qui affligent ou déparent la société, & vous en verrez le remede ou le préservatif dans une Cour bien organisée; eh voilà, MM., ce qui doit décider la grande question sur l'éducation publique & particuliere. Dans celle-ci on peut avec de l'argent, acheter l'instruction, les sciences, les talens, mais on n'achetera pas une Cour; & sans elle, comment façonnera-t-on le caractere, qui ne trouve jamais à se développer, qui croît, se fortifie sous les caresses d'une mere, sous les déférences des subalternes, pour s'élancer ensuite dans le monde avec les désordres & les travers que la nature y avoit déposé, que l'habitude & l'inaction y auront fait germer ? Sans elle comment excitera-t-on l'esprit public ? Cet esprit est l'habitude de sacrifier quelque utilité, quelque satisfaction particuliere à l'utilité, à la satisfaction générale; & comment ce sentiment pourroit-il naître dans le cœur de celui qui a vu que tout fe rapportoit à lui, qu'il étoit le centre de toutes les attentions, de tous les foins, de toutes les affections?

Sans elle point d'émulation, elle ne naît que du concours, & il n'y en a point pour l'Eleve ifolé. On a confondu cette vertu avec l'envie, ou du moins on a prétendu qu'elle pouvoit y conduire : j'ofe dire qu'elle en eft le remede. L'Eleve qui dans la fociété de fes camarades a vu conftamment le mérite honoré, récompenfé, qui a arraché la palme à fes rivaux, qui l'a perdue à fon tour, fera familiarifé avec ces nobles combats, & dans le monde, il faura pourfuivre les honneurs fans prétention, les voir accorder aux autres fans jaloufie. L'Eleve particulier au contraire qui a toujours vu flatter fes defirs ou qui du moins n'a jamais eu de concurrent à combattre, regardera comme des ennemis tous ceux qu'il rencontrera fur fon chemin dans la carriere des diftinctions, il regardera comme un vol tout ce qu'on accordera aux autres, & qu'il auroit voulu avoir pour lui-même.

Sans elle, les peines & les récompenses perdent leur effet. Ici même
que seroient les punitions infligées par
nos Maîtres ? Sûr du secret, à l'abri de
la publicité, l'Eleve les subiroit sans
peine ; car, qu'est-ce qu'une légere
privation, qu'est-ce que la douleur
d'un moment ? Mais il faut venir lever
son front flétri devant tout le petit
Peuple, il faut venir passer sous les
verges de l'opinion. Eh ! qu'on ne s'y
trompe pas, ce n'est point à la peine
que notre Cour attache l'infamie. Quand
le jugement de nos Maîtres est public,
nous le citons à notre Tribunal ; car
je vous le dis en confidence, ces MM.
y sont cités tout comme les Eleves.
Si le jugement est trouvé injuste, l'Eco-
lier est absous, malgré sa punition ; la
pitié, les égards le dédommagent
de l'injustice. Mais si le jugement est
ratifié, & il faut en convenir, il est
rare qu'il ne le soit pas, alors la risée
publique ajoute à la peine & sévit
contre le coupable ; car c'est sur-tout,
chez-nous que *le crime fait la honte &
non pas l'échafaud.*

Si l'opinion publique ajoute à la peine , elle n'ajoute pas moins aux récompenses. Quelle impression peuvent faire sur un Eleve isolé , celles que lui accordent son Gouverneur ou ses parens dans l'enceinte étroite d'une famille ? Mais que celles-là sont flatteuses, qui sont données à la vue de 400 camarades , qui seront publiées dans toutes les parties de la République ; Eh ! quel moment plus propre à le faire sentir. Heureux, MM., ceux qui vont recevoir de vos mains , ces couronnes réservées au vainqueur. Il est doux de voir la jeunesse couronnée par la gloire & le mérite ; plus heureux ceux qui, après les avoir reçues de vos mains, pourront aller les déposer dans le bras d'un pere attendri , d'une mere sensible , dont le cœur palpite de joie, & que leur heureuse étoile aura conduits dans cette Assemblée. Ah ! je l'avoue, ce prix acquiert alors aux yeux d'un fils une valeur inestimable ; ces feuilles légeres , reçues de la main d'une mere , valent plus que le rameau d'or.

Mais

Mais pourceux dont les parens font éloignés , pour ceux qui plus malheureux encore les ont perdus comme moi avant de recevoir leurs tendres careſſes, combien ces prix , ces couronnes perdroient de leur valeur ! Mon nom, ſi j'étois du nombre des heureux , feroit prononcé , & ce nom étranger, ne retentiroit dans le cœur de perſonne ; une fois prononcé il s'évanouiroit comme l'air qui l'auroit tranſmis. Mais ſi j'avois le bonheur d'obtenir une de ces palmes , & que mes camarades , dont j'aurois bien mérité, fiſſent retentir ces lieux de leurs ſinceres applaudiſſemens , ah ! c'eſt alors que je me féliciterois d'avoir travaillé à les mériter. Au ſortir de cette Séance , les Eleves environneront les vainqueurs , ils feront fâchés & non jaloux de ne pas partager leur triomphe. Au regret de ne pas avoir obtenu des couronnes , ils mêleront des félicitations pour ceux dont elles ceindront les têtes. C'eſt là notre vrai triomphe. Celui du moment eſt beau , glorieux, éclatant , mais il feroit bien rapide , s'il n'alloit ſe con-

B

tinuer dans notre Cour. C'est là où
les rayons de notre gloire joignent
l'éclat à la solidité. Les annales de notre
petite République conservent le nom
de ceux qui l'ont illustrée, comme les
annales des Nations conservent le nom
de leurs grands Hommes. Ils sont cités
avec transport, & vont perpétuer
l'émulation dans la génération future.

Heureux moi-même, si je puis
quand je partirai, laisser aussi dans
le cœur de mes amis, dans celui de
mes successeurs, un souvenir long &
honorable ! cette persuasion fera le
bonheur de mes jours, & l'éclat de
mes jeunes années réfléchira une douce
lumiere jusques sur les derniers instans
de ma vieillesse.

Tendres parens qui êtes venus jouir
du fruit des travaux de vos enfans,
puissiez-vous, ah ! puissiez-vous re-
cueillir toujours le fruit des leçons de
la Cour du College, qui sera, tant
qu'elle conservera son esprit, une Ecole
de vertu, d'honneur & de sagesse !

FIN.